歌集 茶色い瞳

Imai Satoshi
今井 聡

六花書林

茶色い瞳 ＊ 目次

Ⅲ

茶色い瞳

装幀　真田幸治

I

二〇〇三年〜二〇〇八年

路面の響き

土中よりコンクリ片を掘り出せるショベルカー
その動き精《くは》しも

近からず遠くもあらぬ通りより路面を穿つ音の響き来

潦さらなる雨を受け容れて波紋生るるを跨ぎて過ぎぬ

変態

無精髭伸ぶるままにて内定後、初勤務前の身
を遊ばせる

人間の、変態《メタモルフォーゼ》無き身には日々の微々差異《びびさい》
ただ大事なり

曇天の秋の広場の陶器市器《うつは》は内にみな陰持
てり

後ろの〈肉〉

街路樹もなきオフィス街空中をあかく大きな
葉のくだり来ぬ

雨だれのたまりて来れば戸の外にしきりに水
が水を打つ音

車内にて背中と背中ぶつかれば後ろの〈肉〉
は男と判る

街路樹のイルミネーション見上ぐれば先には
星の見えぬ空がある

ジンジロゲ

人間の表情に心に点数をつけゆく仕事ああジンジロゲ

「責任」とつぶやく友の顔見れば一児の父の
表情よ、羨し

ふはふは

空をゆく雲のかたまり裂けはじめ千切るるほ
どに縁《へり》の明るむ

見るのみで雲の手触り知らぬのにふかふかと
言ひふはふはと言ふ

面接に遅れあやまらぬ学生は売手市場の威を
借る狐

空疎なる会議なりしと椅子机片付くる時われ
は張り切る

愛慕のごとし

寝返りを幾度打てども振り切れず愛慕のごと
しこの有耶無耶は

首の輪は締めて居れども三毛猫の顔に険しく
野良の気のあり

肩を見せ脚見せ背見せ臍を見せありがたみ無
き肌なれど眩し

生計ちがへり

切り株のあまたの年輪謹みてそれの平らに腰
下ろしたり

一枚の玻璃を挟みてそれを拭く男とわれと
生計《たつき》ちがへり

夕どきのはかなごとわがレモン水飲みつつ一
人駅階くだる

宵闇に降りくる雨の滴々を犬は額《ぬか》に受けわれは頭《づ》に受く

午睡

歯の間《あひ》に挾まつたもの恐らくは水菜ならんか
筋の感ある

休日の午睡はあまし手のひらは空《くう》をにぎれる
形にて醒む

刈られ居し欅の枝の伸びそめて生臭きまで緑《あを》
の噴き出づ

II

二〇〇八年〜二〇二〇年

真夏の日々

夜《よ》の雷を側臥せしまま聞きてをりやがて驟雨
とならむ時の間

地下街の靴屋客なく店員が疲れのしるき顔われに向く

紫のむくげの花弁曇り日の日中《ひなか》をあはく明りてゐたり

栄養に良いから食へと勧むるは論外、うなぎ
は旨いから食ふ

大塚を過ぎ巣鴨へと七月も八月もうなぎ食は
ざりし吾が

同僚は片方の耳に綿つめて社に来たりふかく
訳は問はねど

茶色い瞳

泣き言をいはず働くわがことを余裕ありとぞ
見る幾人か

道端の石蹴りし日はとほくして街灯のしたわが影の伸ぶ

神経細胞《ニューロン》の騒だつが如き運動を株価下落のグラフにみたり

草食系男子ならんやとからかはれし日の夜めし屋の牛めしを食ふ

顔を湯にあらひて拭ひむきあへば鏡の男茶色い瞳《め》をす

ぐちやぐちやとした温うどん出す店の片隅に
居て資料繰りゐる

頂きし土佐文旦の皮を剝く手のひらに受くる
飛沫かをれる

ものすごき速さでそらを流れゆく雲からまなこを離せずにゐる

三月のわれに情けは無用とぞ風雨のはげし社よりいづれば

雨のみちにその身洗はれはだかなる蚯蚓ひとすぢ死にて白しも

坂道をくだりくる夜のテニスボールたかく弾みてわが傍を過ぐ

やがて夕暮れ

赤や黄や紫のはな咲き乱れあたまのなかは何時も春日

つぶらなるクロガネモチのあかき実を寒の日
にみつ幸ひを得て

出雲なる郷にかへりて幸得たらむひとをおも
ひぬ束の間のこと

たまねぎは宝玉に似て小一個皮むけば手のひ
らに載せたり

くろぐろと甲羅照りたる亀になりわれ土を踏
み水辺をゆかむ

Ⅲ

二〇二〇年〜二〇二一年

焼きめし

冷やご飯あまりてこれと冷凍のイカ・エビあれば焼きめしにせむ

ひとり、ふたり

恋情といふはうすきもお互ひのおもひはあれば君にふかく謝す

孤独なる性と自認し生きて来しわれもひとり
にはあらざる今は

偶感偶成

あさめしにゆで卵剝きひとくちを食めばぽかりと黄身のあらはる

あばら

朝風呂のここちよきなり肋《あばら》にと手をあて鼻まで身を沈めつつ

こころ円かに

あさめしの碗のこめつぶあけぼのの光の差せ
ば僅かきらめく

しづかなるひと呼吸またひと呼吸　暗所で癒ゆるこころもあらむ

えひ泳ぐ

一面をみせるや否やうらがへり水槽の縁を
海鷂魚《えひ》は泳ぎぬ

しろかりし面は腹なるか微笑みをうかべるごとき海鷂魚の模様の

護り神

シェーバーをこつこつと当てて顎周りのひげ
剃るもわが休日閑居

地のそこに潜みしハデス根の國を任されし素戔嗚わが護り神

卓上のガジュマルの鉢肉厚の葉の増えたれば立夏もちかし

六年余

出張中空いた時間をスーパーで芋一本のみ買
うてきたりぬ

「赤鼻のトナカイ」うたふわたくしは四十六
歳声振り絞り

障害者雇用の部署に六年余やうやく為事を愛
し始めつ

真面目なる

真面目なる祖父なりき又真面目なる父にて真
面目のわれが生まれた

ウクレレをゆつくり弾けば板橋区蓮根《はすね》歳末の
日がくれてゆく

年配のサラリーマンが垢染みた文庫読みをり
電車の席で

ファクト

寒の日の雪とみるまに雨となり帰りのころは
雨上がりをり

石ころのごとき言の葉つらねては報告文を書き継げるなり

仕事には文章の「飾り」不要にてファクトを書けとわれは告げらる

食はれぬ肉

スーパーで安い食材吟味せるとき吾がこころ
躍りてをりぬ

世の中は弱肉強食といふけれど食はれぬ肉も
稀にあるなり

一月の晦《つごもり》今年初めてのとげぬき地蔵に参拝
せむか

爲人所推墮

高き山より突き落とされしその時に吾をささへしは何だつたのか

優しさは冷たさからも来るものと苦言受けし
夜『自省録』読む

いつか又家族一同揃ふ日があるのだらうか姉
の不在に

春ちかし

志功彫りし「釈迦十大弟子」をパソコンで見
てゐぬ春もちかき朝明け

葉といふ葉すつかり落ちて欅木が立ちてをり
その木肌は剝げて

臆病と吝嗇

まだ君につたへてをらず　秘することのやがて伝へむ日はきたらむか

いつものあんぱん

様々に目移りすれどまん丸のいつものあんぱん籠に入れたり

休日の日課のひとつみほとけの絵を描きそれを写真に収む

ひと時のたのしみとしてこの星に来たのと語るをんなありたり

躁

バッハ聴きモーツァルト聴けば前者より後者
些か躁《マニー》めきたる

水

フレックスタイム制なればチームにて譲りあ
ひつつ残業へらす

東京の水道水はのめるからのんでゐるよと友
のこたへつ

的外れ

沢あんで椀をぬぐひはせざれども些少の水を
惜しみつつあらふ

仕事とは銭金の為にするものといふ考へも又
「的外れ」

孤独また孤立の味はいかばかりわが宿業とつ
くづくと知る

チリ産のサーモン

メキシコの土より生まれし南瓜なれ遠き日本
でカットされ売らる

チリ産のサーモン、切り身の端っこの脂しろ
きが特売品と

日日集

2021.2.16

有休をいただきながらわがからだ「いつもの
時間」に目覚めてしまふ

2021. 2. 19

差し障りなき言の葉を交はしつつ父母《ぶも》のこころは子のわれに沁む

2021. 2. 20

境内の石のほとけに手を合はせふたたびをわが歩みはじめつ

2021. 2. 22

これ以上痩せたら不味いとおもへるも坐禅の
足はくみやすきなり

2021. 3. 5

山崎の合戦に負けし光秀の終《つひ》は農夫に首をも
がれき

2021.3.9

西行の恋をおもひて道すがら一人のことをつき詰めてをり

恋などは要らぬ歳とはおもひしが桜木のある道をたどれり

題詠「虫」

一匹のコガネムシ部屋に入り来り乱れとぶさまをしかと見てをり

壁にあたり窓にあたりてコガネムシ乱れ飛びてのち畳に落ちぬ

ティッシュもてコガネムシ包み扉のそとに逃がしてやれば風音のする

骸骨男

骸骨をおもはせる男鏡中にたちたりされどそ
の頬の紅《こう》

カーテンの隙にひかりの条《すぢ》ほそく早暁を啼く鳥声涼し

石塊のひとつとなりて眠りたし踏まるるもなき深き谿間に

或いは杉の一樹となりて霧雨の降るなか山の
なだりに立たむ

きらはれて

きらはれて黄なる花粉をふりこぼす杉の樹の
狂それを見る雲

セザンヌの洋梨を見るゆふぐれの　姉よいづこに猫と在すか

始原集

朝明より降りたる雨の止みゆけば筋雲は空に
搔き傷のごと

牛なべを家族四人でつつきしは遠きおもひ出
朦としなりぬ

曇り日の午さがり空のあかるめば独り聴きを
り舘野泉を

父も吾も芋をこのめば長芋をめんつゆ味でこつくり煮たり

子は母を幾たびも見上げお互ひを確かめるごと道をわたりぬ

堅しもよ起き抜けのわが身とこころ小さき鍋
に粥を炊きたり

胃の壁《へき》をあらふ胃液をおもひつつユング『赤
の書』を読みふけるなり

板橋は荒川のちかく蓮根にて丹を練るごとうた一首成す

酒たばこのみ放題の方代と虚実綯交ぜのその歌の華

晴れながら吹く風つよき春昼をしろき羽根ひとつ窓より入り来

居酒屋の赤き提灯まひるまのつめたき風にただ打たれける

晴れながら風つよき春の昼下がり　まどろみつつもめがねを探る

パンジーの花模様目に低くみえ足もとの黒き土湿りゐる

心象は幽暗の如ムンク描きし人ら灰色《くわいしよく》の衣まとひて

心病みしムンクの絵画微量なる熱を帯びたる影《シヤドー》人に寄す

心身を調へてのち人に会ふことを是とせり
この二、三年

子羊の脳を食べさす屋台ありき記憶の灯り夜
半にともれる

渇きたるこころを持てば空をゆく鳶の翼の羨しきろかも

曇り日の雲のそこひをゆくやうな鳥影と見ゆわが飛蚊症

月をみせ雲厚らなり掌《て》に豆腐載せゆくひとは
方代さんか

ひるめしにくひし筍ふたきれがうまかつたな
と夜半おもひいづ

活力

巻貝の奥の奥なる心根は他人《ひと》を容れずき　は
たとせの頃

菊の花朽ちて花器にはスターチスのみ残りを
り紫色《ししよく》深みつつ

活力《オージャス》といふ語よろしくあたたかき白湯のむわ
れはオージャスと言ふ

命たもちて

さらさらと机の溝にたまりたる灰色塵《くわいしよくぢん》をゆびもてはらふ

死にし浅蜊ひらかずあるをみつむれば貝殻は
美《くは》しき其の墓と見ゆ

梅雨入りのそらの半ばにほんのりと白《しら》骨《ほね》色《いろ》の
円光ありぬ

無明

山川《さんせん》にあそぶことなく夏の宵愁ひのうちに身
を据ゑゐたり

生きなさい　命の限り生きなさい　梅雨晴れ
のそらの風は告げつつ

オレンジのひやけきを取り手にむけば過現未
のわれいづれも無明

六月

ドクダミのしろき蕚雨にぬれそぼち六月繁茂
したりてやまず

休み日の雨しづく傘に受けながら肺腑の内は
涼気充ちたり

椀の底

安かるも善きものありて日々使ふ椀の底しろく剝げたるがよき

銀糸なす鏡の中のほつれ毛の殖えたればわれ
衰へゐたり

眠り浅く夢見しといふひとの夢を聴き、解き
をれど具に告げず

無用の人

『右左口』の混沌はながき時を経て『迦葉』で澄めり方代短歌

後代に「無用の人」と著《あらは》され黄泉に笑まふか
方代さんは

たらん坊、野蒜とおから　『青じその花』に
記しし方代の食

諄々と己に説いて聴かせたり「正語、就中不綺語不妄語」

ごきかぶり

耳とほきわれは昔を懐かしみ葉擦れのごとし
若きらのこゑ

殺すなと仏の御声　ごきかぶり、蠅、蚊、百
足もわが殺すまじ

慎みて日々を生きゐむごきかぶり畳のうへを
這ふにわがあふ

躑躅咲くながき通りみち君の影わが影のびて
各々昏し

苑の御池

鶺鴒が教ふる道をたどりつつ苑の御池にわれ
は来たりぬ

鶺鴒のあれは雌《め》をよぶ雄《を》のこゑかすずしく聞こゆ苑の水の辺

コゲラ来て桜の幹をめぐりつつ寡黙なり頻り木膚つつきて

畳みたる傘を手に手にもちかへて帰りぬ濡れ
し鋪道のうへを

夏の花

気がつけばドライフラワーとなりてゐしスタ
ーチス飾らむこの一夏を

百日紅の木より黒猫降り来たり夏の宵瞳をかがやかすなり

悲《ひ》ののちに怒《ど》の湧きいづる一日の終りをつかみ、ゆられて　吊革

木賊刈るおもひでありき晩夏の日あをき作業衣着た仲間らと

みつしりと咲くアベリアの花を選《よ》る足長蜂の空中静止《ホバリング》みゆ

蟬あまた

この全てが繁殖を願ふこゝろなのか蟬あまた地のうへに満ちつつ

罪業　その一

今生のわが罪ふかく屈みみるアベリアの垣に
蜂が来てゐる

ありがたきひとの恩かも地の窪より首のみ出
してひかりを望む

とりわきて師恩忘れし罪ふかく己の頭蓋《スカル》ばか
りみてゐつ

罪業　その二

素十の句一句一句を書き写す　虚子の賞せし
謂れ知りたく

見たまんま俳句と時に揶揄されし素十の句師の御歌に重ぬ

コロナ禍に憤る師の御歌よみ　dripし終へし珈琲を飲む

師の時間わが時間あり「泥よりも濃き血」と
スライは歌つたけれど

カンダタわれに糸たらせしは誰なるか数多つ
みびとと共にのぼらむ

沙羅の花

あかときを蟬のこゑ聴けばほとほとわれの
心耳《しんに》の澄みゆく如し

日盛りの沙羅の木のした沙羅の花は既になき
なり空手にて去ぬ

敷き布団を片付けずをり文月にたまひし四つ
連休のあさ

荘周と胡瓜

体育の祭典はしらず疲れ身に四連休は天降りたる水

幻かうつつなのかは荘周にでもきけと飛ぶ黒揚羽蝶

冷やしたる胡瓜がありてつまみては味噌なすりくふ　夏の盛りに

無為又は無聊ともいひ人間《じんかん》を生くれば陥穽来たる時ある

祈り

部屋を飛ぶ小さき羽虫の悲哀などわれは知らずも飛ぶに任せる

そが胸にロザリオかけし美《は》しき人祈りとは何
かとわれはとはずき

無聊ゆゑひとは称ふるかわからねど朝ごと称
ふ南無観世音

深海魚

さ庭べの木槿の花の咲きしかば鶯鳴けりとZ
oomで父は

客観の写生といへる枠を超え何得たりしや素十晩年

阿呆の阿は阿字観の阿か阿呆われの目に映るなり夏野の翳り

深海魚わが沈めればひかりあはき綿津見の底方《そこひ》しろく身を伸ぶ

暑中閑あり

ガジュマルは幸福の木よ目のまへの鉢をこぼるる如く茂りて

羽のむし御仏に捧ぐ盃の水の縁にてとどまりにけり

となふれば吾が小世界に響きたり遠離一切顛倒夢想

時待ちて咲ける花かや時を得て咲ける花かや
白百日紅

枯れ枯れてのち茎立ちのしづかなるスターチ
スひと夏卓上にあり

暑中又閑ありて聞く友のこゑ嬉しげにひびく
受話器の底ゆ

誤字ひとつ

鉢植ゑの凌霄の花ふたつ咲き朝戸出にみぬ二
花橙《たうしよく》色を

ひと一人職を転じてゐなくなる八月、共に旅もせしものを

一本の道を選べぬ吾なるか月出でぬ夜の天《あめ》地《つち》くらく

誤字ひとつ午後のメールに直しつつ淡き笑ひ
は唇に浮かびぬ

叢のなか

歌詠ひ又もうたはむ暁の鳥涼しく鳴ける諸ご
ゑに似て

群れなすも各々の生　矢をつがへ的をしぼらば引き絞りゆけ

朝・昼・夕・晩を啼く蟬のいつしらに死ににけむそのむくろは軽く

夏の寺やせし雀子降りてきて又跳び入りぬ叢のなか

今は唯期待も持たず薄皮のまんぢゆうくへり八月の宵

辞めゆかむひと

値やすき松葉牡丹の種なれど芽吹けるまでの
時濃かりけり

炎昼の空はるかなる積雲の忽ち凝り雷ひびきけり

あなさびし路地ゆけば垣のアベリアに針なき雄の熊蜂寄れる

病葉をすこしく風に降らせたるのち寂静に戻る桜木

辞めゆかむひとぽつりぽつりその訳を語りて降りぬ市ヶ谷駅で

萎びたる苦瓜のごと垂れ下がり社に残りをり
何をか恐る

人語なき朝の庭の辺ひとつ咲きふたつ咲きを
り宗旦木槿

葡萄の古木

晩年のジャック・ラカンの黙ふかくありけむ
葡萄の古木《ヴィエイユ・ヴィーニュ》の如く

木村敏氏ご逝去を知りぬ「あいだ」とは森の
奥処に置かれある木椅子

お互ひさま

長きこと友でありしが今はさう名状しがたき
存在の重み

友人と伴侶とのあひだ　ただ長く今生の末も
共にあらむと

世の中ゆはみ出しし者のわれら二人「お互ひ
さま」と君はいひくれき

生活の基盤《ベース》ととのひ漸くにうたにむかへり四十七にて
中間管理職なる君の稼ぎはもわれより多し
多分恐らく

うにくらげ

ミニ缶のサッポロビール黒ラベル一缶肴はう
にくらげ少し

一人より二人がよしと『コヘレトの言葉』に
読めば渇きをおぼゆ

晴れのなき休日のをはりゆふぐれて曇りの層
の仄か明るむ

ただいまとつぶやきて一人薄闇のこもれる部
屋に帰りきたりぬ

うぶすな

うぶすなの町田の溝渠《どぶ》を流れゐる恩田川わが
心の川よ

どぶ川の恩田川なれ浅き淵に緋鯉一尾の止まりをりぬ

泡立ちて流れくだれるいっぽんの川を見つめき少年われは

川のべの水溜まりにて鯉一尾干上がらば死なむ流《りう》あらば生きむ

蝸牛の動画

友の映しし蝸牛の動画みつつをりゆつくりと
吾もゆつくりと生きむ

サラリーの語源は塩と詠みまし島田修二氏
を記憶にとどむ

ああ友よ祝ひのことばは後にせむ先づは会ひ
たし話がしたし

師のうたを時事詠をおもひ強き歌認識の歌の
あゆみ確かむ

師との出会ひ

おもひいづ師との出会ひは真夏の日、吾は上下共スーツ姿で

東上線下赤塚の駅前に師は自転車をこぎあらはれき

持ちて来しわが歌殆ど没なりき師のお宅にて二十年前

群

人間の群《ホルド》に掟あることを若き頃厭ひいまはうべなふ

新しき人のなやみを渋柿の渋とおもひて吾が
聴きゐたり

時熟また自熟とつくづくおもひたり時は良薬
ひとを癒せる

師とわれとに残る時間は短くておもひいでら
る師の優しさを

日々を苦しむ

障害者雇用にかかはる当部署にうつり七年日々を苦しむ

障がい者彼らの蔭にて私は黒子のひとり驕慢
なわが

障がい者彼らが帰りしのちにしてパソコンに
向かひ己が仕事す

二回目のワクチン

二回目のコロナワクチン接種して熱いでたる
を告げ休みけり

ワクチンの後の発熱わがからだわがもので無く焦慮湧ききぬ

歳月にはつか灯火君がゐて師がいましわれに歌の友ある

燃え尽きて

おもひいづ下水溝駆けて遊びゐし少年の日よ
わが懸命に

絶対に留年はせじと四年経て東大を卒へのち
燃え尽きぬ

非才なる吾をおもひつつ渡橋せり仕事も歌も
才なきわれを

目は見えね才ゆたかなるスティーヴィー・ワ
ンダーわれのカリスマであり

君に学びき

真直ぐなる歌詠むことの誠心を萩原慎一郎君《きみ》にまなびき

「今井さん、もっと自信を持ってよ」と慎一郎繰り返しわれに告げにき

小舟

愚図なりし傲慢なりしわたくしに障がい者か
れら笑顔を向けき

老い父と老い母とわれとわが姉と四人《よつたり》のれば
揺れたる小舟

行く雲はをりをりに見す研がれたる刃のごと
き銀のかがやき

買ひてきて活けたりしろきかすみ草ひとりの
部屋のともしびとなれ

蛇に耳あらず

あたたかき烏龍茶のむ昼休みスマホで読みぬ赤彦のうた

聴く耳のとほくなりければ肌色の集音器一つ
耳穴に挿す

若きらの小声聞こえず聞き返し吾おもふ「蛇
に耳あらず」とぞ

十六時むかひのビルに当たりたる夕照の金を
みつつ励みぬ

「念ずれば花ひらく」など若き日は蔑してを
りき真民の詩を

笑顔はあらず

ネパールの少年をわが援助して一年かれより
写真届きぬ

一年前と同じ服を着て母親と彼と写れり笑顔はあらず

とほき国日本のわれがネパールの彼に告ぐべき何物も無く

咲きしかば桜の写真送りしをネパールの彼如
何におもひけむ

都営三田線

石きだの空蟬脚を踏ん張りし形《かた》にのこれり今
夏のをはり

身をすぼめわが帰りゆく三田線の窓に人住む
灯りともれり

口悪きされど優しき善四郎氏『霧生る町』
を賜び、逝きましき

欅木の巨木一樹に淋しくは無いかととへり宵の帰り路

「働けるまで働かむ」午睡よりめざめたる後ひとりおもひぬ

茹でだこ

立ち枯れし向日葵幾花立秋のころ既に無し散
歩の道の

向日葵の花びらの黄より種ひそむ花芯のくらき色をおもひぬ

公園の池にあぎとふ鯉の群れ黒きも緋色も餌を欲りて浮く

寝転びておやつに食はむ大福のしろきをおもふ餡の甘きも

夕餉にはたこぶつ食はむと茹でだこを選りたり吾はこころ涼しく

さざ波

私のちさき一言が老い父と老い母にたつるさざ波悲し

角突く山羊

不惑すぎ知命近きをあちこちに角突く山羊の
如く過ぎ来ぬ

八月は別れの時節又一人社を離れゆく　理由は訊かず

板橋区蓮根のみ空ひとときはに澄みて跳ねたり雀子ふたつ

桜木の古木ありたりし舗装路のふる根のあと
も失せて閉ぢゐつ

板橋を離るる日吾に来たらむや曇れる空ゆ雨
受くる地《つち》

鶏頭

外《と》の虫よ何故来て鳴ける痩せに痩せ吾が身に
余す腹の皮ある

鶏頭の茎のふときを花器に活けふたつの花の
鶏冠《とさか》あかるし

川と水害と

くねりつつ流れし川を真っ直ぐにしたる果て
なる大水害と

山中をくねり流るる川水を諸処の木や土が抑へてをりき

つやつやと輝く羽蟲ガジュマルの鉢の土より飛び立ちにけり

足下の氷

貧すれどなほわが燃ゆる怒りかと秋早暁の鋭心保つ

すずめ来て蟲の鳴きたる叢に入れば蟲鳴く声途絶えたり

人間のごみ漁るのは鴉のみ鵯《ひよ》のみに非ずすずめも漁る

慎重に足下の氷《ひ》を割らぬやう歩み来たりぬこ
の七年を

午前四時

ガジュマルの厚らなる葉が蛍光のあかり反してをり午前四時

使ひ来しカップの縁の黒ずみてぽたぽたと白
し午のミルクは

意を決し飛びたるかなや羽根拡げ滑空をせり
鳥影孤《ひと》つ

あとがき

短歌を始めて二十年ほどが経つこととなり、歌集を出そうと思い立つに至った。歌稿をまとめ始めたのが昨年の春先のこと。読み返してみて、自分でも納得出来る作品が少なく、削っていったものを師である奥村晃作氏に選をしていただいたのが、夏の終りから秋にかけて。蓋をあけてみれば、その殆どが二〇二〇年からの作品となった。

歌集タイトルは「短歌現代」新人賞を受賞した時の三十首詠と同じ「茶色い瞳《め》」とさせていただいた。本の構成には苦労したが三部構成とした。Ⅰはコスモス短歌会に入会してから初期の作品、Ⅱは「桟橋」に同人として参加、又結社内外の諸先輩・俊秀から様々なアドバイスやご指導等賜った時期の作品。Ⅲは二〇二〇年以降の作品。

Ⅱの時期は自分にとって遅れて来た青春期のようなもので、多くの得難い友人・知己を得たが、又思い返せば身勝手でもあった。いただいたアドバイスは未消化なままに活動を拡げた結果、仕事が忙しかったこともあり、心身の調子を崩すに至った。この時期の歌は実験的な作品が多く、随分と背伸びしたものが多かった。

私の歌はコスモス短歌会という環境を基盤として育まれてきたものであると改めて思う。そして私の歌は才能に長けたものでもない。ありふれた日常をありふれた言葉で捉えたものだと、歌稿をまとめてみて気づかされた。その時の思いを集中「始原集」という形で、少々長い一連とさせていただいている。

師である奥村晃作氏からいただいた御言葉として覚えているのは「今

井君の歌は赤裸々な歌だ」「お前は勝手な奴だ、でも俺も若いころは勝手なことをして来た」「歌の縁《えにし》を大切にしなさい」。この度、歌集を急ぎまとめようと決意したのは、師との限られた時間のなかで、一つでも形となるものを残したかった、というのがあった。

歌集刊行に当たっては、六花書林の宇田川寛之氏に、また装幀に関して真田幸治氏に御力を賜った。又、栞文を石川美南、内山晶太、奥村氏の三氏に御願いした。改めて、深く御礼申し上げます。

二〇二二年一月

今井　聡

著者略歴

1974年生まれ。東京大学法学部卒
2003年　コスモス短歌会に入会
2006年「棧橋」に同人として参加（終刊まで）
2009年「茶色い瞳」で第24回「短歌現代」新人賞受賞

さまよえる歌人の会、白の会に参加

現住所
〒174-0046　東京都板橋区蓮根３－15－３－904

茶色い瞳《め》

コスモス叢書第1204篇

2022年2月26日 初版発行

著 者――今井 聡

発行者――宇田川寛之

発行所――六花書林
〒170-0005
東京都豊島区南大塚3-24-10 マリノホームズ1A
電 話 03-5949-6307
FAX 03-6912-7595

発売――開発社
〒103-0023
東京都中央区日本橋本町1-4-9 フォーラム日本橋8階
電 話 03-5205-0211
FAX 03-5205-2516

印刷――相良整版印刷

製本――仲佐製本

ISBN978-4-910181-24-0 C0092